歌集

花柄の壁紙

荒木由紀子

砂子屋書房

*目次

第一部　室内装飾に挑む

第二部　増えるリフォーム

装本・倉本　修

歌集　花柄の壁紙

第一部　室内装飾に挑む

（平成一一年〜二二年）

施主との語らひ

初売りに欲しくてならぬラリックの蒼《さう》を帯びけるガラスの小皿

年賀状の隅にひとこと厳しいが乗り切りませうと添へられてをり

近況を語らひしのち床材のメーカー問はる設計仲間に

住宅のリフォーム講座は成功すヴァンローゼ一本買ひて帰りく

Eメール交換するに文通と言へることばの響きしたしも

新築の打ち合はせにより家庭での会話が増えたと施主夫妻言ふ

わたしならから住みたいとのプレゼンに俄《には》かに施主は語り始めつ

浪人する次女

展開図全部は描けずと告げ来たる声力なき実技試験に

一年間キャドの実習したる子が居酒屋に就《つ》く職なきままに

頑張れば何とかなると言ひ難き時代に学ぶ建築科の子ら

浪人の決まりし朝も時かけてただひたすらに娘《こ》は歯を磨く

予備校の帰りの娘が駆けて来ぬ車を止めし花屋の角に

こみあひし朝の洗面娘らがコンタクト嵌《は》むる順をあらそふ

東京に配属先が決まりゐた長女の報告に夫返事せず

日記には向かへぬ十日ほどありて書けぬ日の方が書きたき事あり

絨毯のアラベスク

駆け引きのうまくなりたる新人は一年を経て訛りの消ゆる

はつきりと物言ふ事の疎まれて人形のやうな女子社員揃ふ

最終の見積額を見守りて緊張はしる施主との間

設計から工事営業と回されてつひに辞めゆくこの人もまた

すぐれたる人伸ばせずに送り出す頑張れよといふ声のむなしさ

この夜半《よは》の車窓にうつるわれの顔目の窪《くぼ》みゐて微笑まむとす

施主よりの希望を黙《もだ》し聞きをりて目は絨毯のアラベスク追ふ

旅立ち

携帯の「着信あり」の表示にて合格通知の来たること知る

もう大人まだ子どもなる十九歳別れに泣きをり日吉の駅に

またいつか一緒に暮らすと言ひくるる式へと向かふ振り返りざま

今日と言ふ入学式のこの佳き日それが十九の娘《こ》と別るる日

旅立ちと別れは常に交叉する見えなくなるまで手を振り続く

韓国の留学生

韓国の留学の娘《こ》にわが夫は日本の理想なる父を演じぬ

留学の娘を預かりてマンネリのわれら模範の夫婦となるや

手際よく韓国料理を披露してコチュジャンを持参したるこの娘《こ》は

見送りに涙を溜《た》めぬわが夫は反対してゐたホームステイの

父のボールペン

金婚の記念写真のポケットにボールペン挿す事務職の父

いつからか病室が一番落ち着くと入院長き父の呟く

病室の父に桜葉の色付くを届くればああ、美しと言ふ

指の輪をつくればそれに嵌《はま》るほど細き腕となる病みゆく父は

干拓の完成に捧げてひたすらに生きたる父はただ黙《もだ》すのみ

見舞ひたればエレベーターまで見送りて娘のわれには弱さを見せず

ゲルハルト・ヒッシュの唄ふ「冬の旅」父は望まむ葬送の曲に

送り火を詠んだ虚子の句が好きと呟けり仰臥せしままの父

舶来のキッチン

舶来のキッチンいまは見向かれず美しきサンプルのみ残りたる

わが夫は調理などまつたくせぬものを男子の厨房にいま着手する

年ごとに金利下がれど住宅の着工も減る先読めぬ世に

住宅の売り上げ不振に企画するセミナーに来るはＯＢのみか

新人の夜の訪問に同行し客は気遣ひねぎらひくるる

若きらに気を遣はねばなり立たぬ社につかれたるわが五十代

近づけばディティールのあまりに拡大し全体見えぬ物も人をも

壁の油絵

どの部屋に飾るかで図面変はりゆく施主自慢なる入選作の絵

油絵をひとつ加へてみしのみに真白き壁が語り始めむ

壁紙は肌うつりよきピンクにとエステサロンのマダム主張す

豊作の西瓜を自慢げに話す本業の建築不振を言はず

明日からは誰に頼むか思案せむ腕よき建具の職人が去る

着衣したまま汗絞《しぼ》る作業員焼け付く足場の解体作業に

低迷の時代に応募用紙来ぬ起死回生の社内コンペの

まづ施主にメールで知らす本年の社内コンペに入賞せしこと

蟬時雨の窓

竣工の説明も儀礼的となる中途で事故の出でし大分

本社より来たる上司は整然と理論のみ言ふレジュメのままに

ドア枠の揺れるが如く叱責の声聞こえたる帰社の玄関

憐憫は持つまいとして潮流に乗れぬ辛《つら》さを上司より聞く

厳しかりし上司が急に声落とし定年待たずに退職を言ふ

転記ミスのままに工事の進み来て言葉失ふ施主の指摘に

かねてより冷やかならぬ同僚が失点犯すに庇《かば》ひてくる

始末書を書く蟬時雨の窓の下慣れ過ぎて詰めの甘くなりしか

質量の厚さと客層の変はりきてバブルの終焉に建築翳る

いつよりか真暗き事務所の戸締りをためらはずする女となりぬ

東京の現場へ

地下の底にまだ地下ありて下りゆく大江戸線のエスカレータは

雨雲に空はおほかた覆はれてビルの白さが際立ちてきぬ

地鎮祭あしたに迫り目に見ゆる速さで雲の動きてをりぬ

幾たびも聞き返さるるわれの使ふ言葉の分からず職人たちに

職人も岐阜訛りなり九州の訛りのわれと親しみ交はさむ

遣り直す工事は誰しも厭なれど大工の親子黙《もだ》してこなす

前夜より泊まりて挑む竣工の儀式も東京は五分で終はりぬ

銀座のランチ

香り立つ銀座の朝のカプチーノ職種不明なる人たちと飲む

ごみ箱に太つたカラスの群れ寄りぬ夢から覚めた銀座の夜明け

「天一《てんいち》」に一万円のランチあるといふ銀座の昼にわれも出で来ぬ

路地裏の真砂女《まさじょ》の店の狭き椅子窮屈なれど譲りて座る

東京はここにありきと憧れたイエナもハルクもすでに消えをり

手に入れむ事のみに心を満たされて三十年持つイエナの洋書

三回も社名を変へゆく銀行は今も日比谷にそびゆる古巣

フラワーシャワー

結納の朝を迎へて振袖を着付けし娘の襟を直さむ

留袖を着たるわれらも讃美歌をならひて歌はむチャペルの式に

教会の扉開きて花嫁がフラワーシャワーの段を降りくる

はつ夏の里帰りする娘待つ刻たのしまむ打ち水をして

設計会議

前を行くトラック便を追ひ越せず打ち合はせするビル見えくるに

反映さるる望み薄しと思へどもわたくしならばと異議申し立つ

質問も意見もなきに二時間の会議終はりて午刻となる

設計の会議は激し定まらぬ議案は現場に委《ゆだ》ねられゆく

またひとり同僚が減りわが席がにはかに社長の前に置かれつ

競合に慣れし身ならば臆すなと身に言ひ聞かす社内プレゼン

実績を重ねるプランを自負するに勝負の今日はスーツを選ぶ

青春を述懐す

無国籍料理を前に肝心なことには触れずにただ海を見む
時だけが流れる海辺のレストラン本音を語る言葉を探す

きしきしと洗ひ過ぎたる夏の髪きれいと触れてくれし日もあり

人目にはうらやむほどの仲なれど心に日照雨《そばえ》の降ることを知る

犬を飼ひて初めて知りぬ犬たちもくちづけをする愛するものと

八月の終はりに一瞬輝くとヘッセはうたふ人の晩夏《をそなつ》

父の命日

街路樹は深緑色から黄の色へ暦の写真も紅葉となる

一周忌を過ぎし頃より気丈なる母は心の乱れを見せつ

仏壇の前に座りて返事なき父に日がなを語りかけをり

新聞の歌壇にわれの名を見つけ電話を母に掛けさせし父

父の愛した俳句をわれは作らざりよく似た親子は背を向け合ひぬ

われはただ器用貧乏父に似て目の前の事こなしゆくのみ

父逝きし霜月がまた巡り来て健康診断受くる月とす

バリウムは白セメントに似たる色毎年飲めどいまだ馴染まず

会議が増ゆる

コンビニにトイレを借りること多く顔馴染みとなる現場の日々に

打ち合はす施主からまづは耐震を問はるることが慣ひとなりぬ

山積みにされし質疑のファックスが会議の詰まるわれ待ち受くる

婉曲に責任を取れといふ意味の言葉にいちやうに気づかぬ振りす

慇懃な物言ひなれど鋭利なる剣《つるぎ》となりて言葉が襲ふ

終はりても後味の悪き会議なる実例で相手を言ひまかせしは

ゆつくりと受話器戻せど交代を告げられし意図いまだ解らず

女優など使はず手近で済まさむと社よりコマーシャルの出演受くる

パリの一週間

キャンバスを広ぐる人は静謐なルーブルの空気含ませ描く

怪人にさらはれぬかと案じつつトイレを探すオペラ座の中

十二月の凍てつく石の床《ゆか》の上座りて物乞ひ手を合はせをり

モンマルトルは下北沢に似たる街布地の店が連なりてをり

足早にメトロへとゆく女たち平気で煙草を石畳に捨つ

フランスの女性は誰も早口に喋るなにかに追はるるやうに
助詞動詞少し伸ばしてしやべらむか在仏永き日本の婦人は
クルーズをする日本の人たちとセーヌの岸より手を振りあはむ

幾度かをパリに遊べるわれなれど佇むことなしミラボー橋に

サン・ジェルマン・デ・プレの鐘を聴きたしと広場に立ちて十二時を待つ

粗悪なるトイレの紙に慣れし頃一週間のパリの旅終ふ

ばらの垣

ばらの垣似合はむ家を造りきて庭に主役を奪はれてゐる

わが庭も満開ですよと微笑まるバラ展に施主と出会ひたる午後

立ち寄れば土産に水を汲みくるる湧水の出づる庭持つ施主は

新聞の移動欄には局長と施主夫人の名の写真入りで載る

喫煙の席をいづこに造らむとカフェのプランの意見がもつる

客足の遠のくを店主は恐れたり全面禁煙のプランをまづ見て

喫煙をする人は少数派になりくるに長年の客店主は守るや

銀行にて声を掛けらる十五年経し客われをいまだ覚えて

ファウストを読み返さむか新しき施主はドイツ文学者なる

ゲーテとは白内障と聞かさるるもつと光をも宜《むべ》ならむかな

唐津の器

なみなみと酒を注ぐるぐい呑みのまだら模様にひと現はれつ

ぬくみある唐津の陶器なじみゐて晩酌の酒の味を引き立つ

ものごころついた頃より目に覚ゆ柿右衛門の皿の乳白の色

濁手の柿右衛門の皿触るるなと祖父よりきつく戒められをり

結婚の祝ひに貰ひて四十年柿右衛門の湯呑み飾りしままに

この姓のおかげでどこでも誰からも大事にされたと柿右衛門氏言ふ

男の子が出来て安堵したと言ふ一子相伝ならむ有田も

擦れ違ふおだやかな面《おも》ギャラリーにテレビでしか見ぬ今右衛門氏と

ポーセリンとチャイナは違ふと通訳に有田の自負を伝ふる副知事

建築の学生

建築の学生ら多く乗り合はせT定規が肩に触れて親しも

専門の建築用語が飛び交ひてわれも秘かにおさらひをせむ

通勤の電車に席を譲られて思はず窓に映る顔見つ

事業所の閉鎖

設計図を見守りくるる上司ありてうなづきくるる視線とあへり

営業とは二人三脚気の合はぬ相手も歩幅揃ひてゆかな

寝苦しき夜に明日の段取りを考へをれば目はさえ渡る

一本の電話に現場に戻さるる夕食の場を置き去りにして

暗雲の広ごる空を睨《にら》みつつ呼び戻されし現場に急ぐ

夕刻に召集されて事業所の閉鎖を棒読みに告げられてゐつ

終はるとはかくも容易きことと知るシャッター閉むる同じ速さに

異動する挨拶回りにこの施主は畑の葱をつつみくれたる

タータンチェックの袴

胸高く袴の紐を結びゐて末の娘の卒業式の日

学長のカタコト混じりの祝辞受け卒業式の緊張ほぐる

こだはりの袴はタータンチェック柄煉瓦の学舎を背景に撮る

明日からは研修受くる娘たち銀行への待望の就職の決まりて

仕事の習性

退職を留められざるを寂しめり乙女は派遣の満了となる

愛すべき白熱灯を設計に使へぬ時代の迫りてきたる

身につけるならひに店舗の内壁を設計者はすぐ叩く癖あり

同業の設計者たちお互ひをうかがひながらアドバイスする

手立て無きまま詫びにゆく排水のトラブル起きし休日の夜

パソコンに送信し合ふ内容をなぞるのみにて会議は終はる

招かれてゐざりし上司宴席のジョークめかした口調に知りぬ

本社への異動とあれば転勤をその夜のうちに告げ来たる人

抱へきれぬ花束貰ひて往く人とひつそりロッカーを片付くる人あり

ウイリアム・モリスの壁紙

日すがらを籠れる母の壁紙にモリスの花柄を施主に勧めむ

竣工に立ち会へぬことを悔やみしがあたたかき文の施主より届く

よき人に出会へたと施主の言ひくるるよき施主にこそ出会へしわれか

長身の施主はソファに身を埋めイタリア物はやはり良しと言ふ

リビングに樅のツリーを設《しつら》へし写真を施主は送りくれたる

イヴの日の声の便りの嬉しさや留守電押して繰り返し聴く

花びらを掬《すく》ひて頭上に掛けやれば目をとぢしまま仰向く幼女

母親に甘ゆる幼女その部屋のプランに円窓加へむとする

パティシエと獣医とわれと介護士が招かれてゐる体験学習

わが職を語るに生徒の手を挙げて辛きこととは何かと問はる

日々格闘

メモを書くゆとりなければ忘れむか左の指輪を右に移せり

いくたびも足を運びてそのたびに異なる壁の色打ち合はす

サンプルと色が違ふと言ひ張らる色の記憶の容易ならざる

カシミヤのぬくもりを唯一味方とし会議室へと足早に行く

共に持つ不満あらむと会議にて発言すれどフォローのあらず

質問の本質うまく躱《かは》されて苦き思ひに会議は終はる

偶然のアクシデントが重なりて説明するも言ひ訳となる

悩める退職

新人の育成が急務となりてをり賞味期限の見えくるわれらか

鏡台に座りて顔に見入るわれ引き際をいつか定めむとして

照明さへ異なりて見ゆ退職を告げたる午後のデザイン室は

手を上げて別るる現場監督は今度またとふ辞むるを知らず

久しぶりの専業主婦

いち日の自由を突然得たる身は硝子拭きしか思ひ浮かばず

職引けばすぐにも夜の迫り来てもやしのひげを爪先に取る

寝坊した娘を職場に送りゆく甘えてをりぬ主婦なる母に

昼餉には昭和の匂ふビードロに一人前のそうめん盛りぬ

おかへりと迎へうるわが日々となり家族の帰宅早くなりくる

余裕とは時間の余裕と思はるる来客のためにプリンを作る

子育ての時は短し子の世話になることの永き世相となりぬ

丸善にインタビュー受く手に取りし本の作者のファンかと問はる

第二部　増えるリフォーム

（平成二三年四月〜三〇年）

職場復帰

口説かれて職にもどるは現役にいまだ未練をもてる証《あかし》か

いまさらに何しに来たとふ言ひ分が慇懃すぎる挨拶に出づ

実力よりおほきく見られることに慣れ疲れた自分に気付かずにゐる

長からむ会議に居眠りする人に気付かぬ振りして進行されぬ

夜からの会議は誰も疲れ果て意見の出ぬまま持ち越しとなる

あたらしき開発の件にすり替へて増員の願ひ逸《はぐ》らかされつ

あらたなる設計プランの出ぬ会議社主の苛立つ声にて終はる

男性は他人に影響されやすくスタンス持たぬわが夫さへも

女性より男の方が根に持つとカウンセリングの医師呟けり

経験に優《まさ》るものなしと思ひしが若きのプランに敵《かな》ふものなき

生きることに勝ち負けあるとは思へねど挑むは敗者復活戦なり

今の若者たち

常よりも丁寧過ぎる物言ひに訪ひ来し若きをまづ座らせむ

狭き門くぐりて来たる若者のいとも容易く職手離せり

引き留むる言葉なくして晴ればれとした若者の顔ながめをり

簡単に若きは言へり暫くは失業保険で食ひ繋げると

スイス製のレース

色差しに臙脂のクッション加へゆきモデルルームの展示に備ふ

博多湾望める窓にスイス製レースを掛けむと施主に勧めむ

トレンドは紫色かと施主に言ひ迷ふことなくカーテン決まる

熊模様のカーテン決めし幼きがリフォーム時には成人となる

成長を知りて応ずる次世代の医師の娘が施主となりたる

この施主は子の世代なり打ち合はす中身に齟齬《そご》のなかれと願ふ

照明は自分の足で探すといふ施主よりやはりと注文の来ぬ

快適に過ごせるといふメール入り遮熱カーテンの実効を知る

ウェグナーの椅子

病院の床ブロックにふさふ色黄を保留して会議終はらむ

透析の部屋のプランの味気なさおぎなふ明るき壁紙選ぶ

百人に一人の患者のためなれど人体感知のトイレを造らむ

ライトアップに知恵を絞《しぼ》らむ競争の激しき立地の医院とあれば

医局より出づる時間の限界を打ち合はす前に念を押さるる

設計の打ち合はせに幾度も時計見つ医局部長が施主なればこそ

白衣着たまま寛《くつろ》がむ書斎にはウェグナーの木の椅子を勧めむ

相談事

ゆくりなく出会ひて施主とお茶を飲むレジにて伝票の取り合ひとなる

施主よりの相談事は新聞に載る際の着物と帯の色合ひ

オーブンの寸法をまづは確認す料理教室のプラン立つるに

ホワイトかピンクで意見の分かれたり託児所に据ゑる便器の色の

野見山の家は篠原一男の作と聞きその設計に思ひを馳《は》せぬ

クレームの詫びにと施主を訪ひ行けば小林裕児の絵に盛り上がる

設計の事務所は毘沙門天の奥真砂女《まさじょ》の店と同じ路地裏

末娘の結婚

さみしさの反動なるか苛立ちて嫁ぐ日近き娘とあらそひぬ

姉も着た振り袖を着せて迎へたる結納の日の晴れ渡る空

練習を重ねて臨む結納に幾久しくを飛ばしてをりぬ

三女ともなれば覚悟の上ならむ夫は泣かずに婚礼終ふる

空に向きて咲く山法師吹きわたる五月の風に花のそよぎぬ

男の子には縁無きわが家玄関に今年も小さき兜飾りぬ

娘らの巣立ちて残る木の机やうやくにわが仕事場を得つ

リフォームプラン

最終の混める車内に立ち尽くすリフォーム着手の契約決まる

地方とは言へども議員の家なればそのリフォームも慎重となる

キッチンの収納不足に悩めるをリフォーム相談の客の訴ふ

借り手つくかと気を揉む賃貸に供さるる家のリフォームなれば

リフォームを勧むるに際し消費税値上がりの件に話はおよぶ

コンペでは次点なりしが担当者に自宅リフォームの依頼たまはる

母の薄き手

たそがれを一人過ごすはさみしいと幼児のやうに母は泣きをり

いとま告げ車が角に消ゆるまで手を振り続く小さき母は

人生を仕事一筋に明け暮れてさみしき母はわれをにくめり

真夜中に救急車の来る音のして母が呼ぶとは思はざりけり

葉脈の透けるがごとく薄き手を包み抱けば母は笑まひぬ

梅の木も槇《まき》も伐らむかわが母の介護に向かふ駐車のために

声しか知らず

生業は何かと問はる午後十時半額惣菜わが買ひ込むに

寝室を分くるプランが漸増《ぜんぞう》し同居といへる夫婦となりく

思案してオレンジ色を選びしに太陽光パネルに瓦は隠る

設計の相場はありて無きものなり施主の希みを心して聴く

帰り際ラ・フランスがそつと差し出さる見積りを見て答へぬ老女に

打ち合はせは終はりお茶を断はりてスタバに一人珈琲を飲む

四半世紀文具を調達してくれし店が百均に負けて閉鎖す

永年を世話になりきしメーカーの担当社員は声しか知らず

復帰する友

要望の一つを忘れこの施主はすべてを忘れたやうに咎《とが》むる

プレゼンに挑まむ日には全身を黒に包みて紅淡く引く

競合に慣れし身ならば臆すなとわれに言ひ聞かす社内プレゼン

諦めのつかないままの没プラン保存しておくパソコンファイルに

一本の電話に現場に戻さるる夕食の場を置き去りにして

暗雲の広ごる空を睨《にら》みつつ呼び戻されし現場に急ぐ

ゆとりなきひと日の果てに赤枠の駐車違反の貼り紙貼らる

若きらのプランに先を越されしか夜に入りて散る桜に見入る

春先にコーディーネーターに復帰して旧姓を知らす葉書が届く

初めての男児

新婚の冷蔵庫にはピクルスの漬《つ》かりて三女は主婦となりぬる

あたらしき生命宿る慣れぬ地で三月《みつき》を経たるわが娘にも

娘孫をんなばかりのわが家に初の男児がエコーに浮かぶ

むつき替ふる時に恥ぢらふわれとなる初《はつ》の男の孫なればこそ

新聞の勧誘

新聞社に勤むる施主より新聞の勧誘を受け即答できず

わが社にも「歌壇」はあると新聞を勧《すす》めらるるに言葉飲み込む

室内に犬を飼ふ人の増え来れば床の材質をわが選りなづむ

ストーヴの煙突はサンタの通る道指さし施主は男児に教ふ

移住者の毎年増ゆる沖縄よりモデルハウスの依頼が来たる

経済の停滞を一歩抜け出たかシルクのカーテン甦りくる

マンションの最上階の客なれば外車一台分のソファを求む

快適に住まはれるとのメール来ぬ漸くに引き渡したる家

天窓よりスーパームーンの見えしとの施主のメールにわれも仰ぎつ

青木繁の「海の幸」

「海の幸」も「放牧三馬」も東京へ持ちゆかるると広報の告ぐ

四万の署名生くるやわが町の青木繁の絵は渡せざる

わが町の宝持ちゆかれ逢ふときは日本橋まで行かねばならぬ

大原や佐賀にも青木の絵のあれど生地久留米に何故残らざる

下描きの交換をせむ守一と青木繁は互ひを認めて

貴族趣味なる青木に贅沢をさせたかつたと守一の言ふ

本場パリに力試しに行きたるか青木繁の挑戦叶ふ

胸の激痛

老母よりも先には逝けぬと食ひしばる激痛に胸を襲はれし夜

突然の痛みにニトロを抓《つま》まむに駅の階段ころころと落つ

ジョキジョキと下着を切らるる音のするサイレン鳴らす救急車の中

動揺する夫に代はりて若婿がカテーテルの内容細かく質《ただ》す

運転は娘の婿に任せたり検査終はりて退院の帰途

そつとしておいて欲しいと思ふはわが儘か見舞ひの電話に疲れにし夜

やつれたるわが身を晒《さら》すも苦になれど快気祝ひを計画するといふ

丁寧にマスカラを塗るわれと知る久しぶりに逢ふ女友だち

職人の猥談

女装して来たかと現場の大工らに茶化されてゐるスカート姿

九時開始ならば八時に集《つど》ふるが常識だよと大工らに笑ふ

毒舌を吐く職人が三時には缶コーヒーを買ひ来てくるる

姐ちゃんと言はれしわれわれも建築の職人は今母ちゃんと呼ぶ

職人の猥談に罪の無きことを軽くいなせるわれとなりくる

昼飯に誘へばナイフとフォークなら俺はいらぬと職人の言ふ

貰ふのは初めてだよと職人はバレンタインのチョコに微笑す

肘の創《きづ》問へば現場で負ふた創《きづ》俺の勲章と大工は笑ふ

痛みなど人には語らぬ職人の現場の怪我はガムテープ巻く

口数と説明多き職人の仕上げはむしろ雑なものなる

白杖の青年

立ち尽くす白杖《はくじやう》の青年に気づかずに全員スマホの画面凝視す

白杖の青年の面立ちは甥に似て思はず腕を差し伸べてゐた

マンションに育ちたる甥芝庭のバーベキューに歌うたひだす

ベルギーへ発つ孫

赴任地の決まりしを娘は告げきたる午前零時の携帯メール

動物のやうに動けるこの孫にベルギーまでのフライト長き

やうやくに言葉を覚え始めしがかはいい声も電話のみとなる

異国へと旅立つ二歳の孫なれば帰国の日にはわれを忘れむ

守一と嗣治

守一は蟻を描きて二番目の足から動く習性見抜けり

この人妻を妻にしたきと思ひてか「某婦人像」守一描く

守一の「陽の死んだ日」に対面し画集に見えぬ悲しみを知る

貧しさに三人の児を失ひき九十七まで守一生くれど

猫好きはそれぞれの猫を生《あ》れ出さむ守一、嗣治、朝倉文夫

わがために求めし小さな嗣治の版画を飾る年の始めに

銀座より取り寄せゐたる金色の額にをさまる嗣治の猫

インパクト欲しき部分に飾らむと草間彌生の絵を落札す

設計プラン

キッチンのプランは次回に持ち越さる冷蔵庫の位置決まらぬままに

幼稚園のプラン立つるに壁紙は柄より汚れを基準に選ばむ

ホワイトかピンクで意見の分かれたる幼稚園の便器決むるに

鍼灸院流行らぬ時世となりたるか縮小プランの設計受くる

見積りは高からずされど安過ぎず競合他社を探りて作る

メールの時代

連れ合ひをあなたと呼ぶは死語となり呼び捨てにするや若き世代は

十歳の違ひに意識の差のありて三十代は定時に帰る

当然と思へる施主への年賀状出さむ理由を若きが問へり

拝啓も気候の挨拶もなきままに礼状さへもメールで済まさる

メールにて告げ来る若きに驚きぬ転職をする大きな事実

昭和さへ遠くに思へる平成の若者にわれは振り回されむ

日帰り出張

同潤会アパートに次ぎ尖塔のある木造の原宿駅消ゆ

出口さへ分からぬままに人波にただ付きてゆく新渋谷駅

待ち合はせしたる銀座のソニービルまた青春の場所を失ふ

娘の住まふ駅を通れど日帰りの東京出張に車窓より見む

反応の無きまま帰る地下鉄にプレゼン資料の肩に重たし

羽田ではうごく歩道も止まりゐてひたすら歩む黙《もだ》せるままに

奮発しうなぎの弁当あがなひて最終便の出発を待つ

熊本城

四百年の祝ひに沸きたる有田なり熊本城も四百年なれど

生のある内に復旧を見らるるか熊本城を遠く仰ぎて

地震へのカンパを募る声枯れて横には宝くじの列が長かる
目をあへてあはさぬやうにジグザグにくじ売る列に並ぶ人々

自分用のYチェア

熟成に期待を込むる六十代弔辞の役のまはりて来たる

年ごとに喪服の出番の増えくるやクローゼットの手前に掛けむ

この歳に漸くわかる選り分けて仕事を減らすソフトランディング

ベンツなど通らぬ五島の国道を巡りてゆけば海が伴走す

人ひとり通らぬ海辺の信号の替はる間の時の長さよ

施主たちに勧めし名作Ｙチェアわが生まれ日に配達指定す

オランダへ

混雑もなきここにきて対面す「青いターバンの少女」とわれと

水上に音楽隊の繰り出してアンネフランクの家見過ごしぬ

運河沿ひのカフェに入り熱々のビターバレンとジェネバを呷《あふ》る

昼間のやうな明るさ残る二十二時アムスの夜はこれから始まる

オランダは観光のみに非ずして運河の風車も稼働してをり

五十年もアムスに住みし通訳は関西弁を忘れずにゐる

ベルモンドの映画思ひ出すオランダでは自転車泥棒は咎《とが》めぬと言ふ

ドイツ産の白ワイン冷えムール貝をこじあくるとき一緒に開けむ

夫の手術

二時間も手術時間の超過して控へのロビーにわれ一人となる

術後には一生飲まずと言ひをれどふた月たてばビール欲しがる

八キロの体重減りて夫の履くズボンの腰を縫ひ直しせむ

特別に仲良き夫婦ではなきにせよ欠けゆくことを思へば寂し

駅までを無言に夫は運転す送り迎へは厭《いと》はぬけれど

蛍狩り誘へば留守番すると言ふ夫は野球の中継を見む

東京の同窓会への出席を決めたり夫は小康を得て

エリートの死

死に急ぐ事なかりしに若き人休むも辞むるも選択肢あり

捌《は》け口を部下に求めむエリートはエリートなりの屈折のあり

二十二時に退社出来るをラッキーと思へた時期がわれにもありき

帰れぬなら定時を決むる意味もなく二十四時間勤務とすべし

九十路の母

美しき文字書く人の年賀状今年は宛名の印刷さるる

卒寿超えなほ百枚の年賀状母に代はりて返礼を書く

六十代の訃報相次ぎ九十路《ここのそぢ》なる母は新年めでたく迎ふ

生きてゐるそれだけで皆が集ひ来る母の存在の大いなる意味

瞬間を写メに記録す酸つぱさに顔をしかむる母の一枚

仏壇の写真の父の鉤鼻と薄きくちびるわが受け継ぎぬ

春の予感

北側の窓より雪の反射して晴るる日よりも部屋の明るき

絡みつく建築現場の春泥を拭ひてブーツを陰干しにせむ

勧めたる辛夷《こぶし》の苗木四年目の春を迎へて花かかげしか

雲のなき冬空を北へ袈裟懸《けさが》けに飛行機雲《コントレイル》は斬り分けてゆく

信号の変はる瞬時に渡りゆくゼブラゾーンに白たちあがる

青空をカーテンウォールは映し出し高層ビルに春は来たりぬ

ボンネットの白がピンクに見ゆるほど陽射し明るき如月《きさらぎ》の午後

告げくれし桜前線の遅れゐて気象予報士は声なく笑ふ

真白なる卯《う》の花垣のなくなりて駐車場となるすべての空き地

蒲鉾の形をしたるトンネルの出口より春のひかり溢るる

足立美術館

まなかひに白砂青松《はくさせいしょう》の飛び込みてわが立ち尽くす足立の庭に

松の枝影落としたる白砂に明暗与へて立体となる

切り取らるる壁より見えて一対の掛け軸となる白砂の庭

目に映るすべてが自然に覆はれて借景も庭の一部となりぬ

茶室には水のひかりの反射して鼻の形の影現はるる

霊峰を眺めて春夏秋冬をゑがき分けたる大観の筆

筍を抱きくる大工

定年で夫は退《ひ》けるに大工より仕事の打診の電話入り来る

筍《たけのこ》を抱きくる大工にノンアルのビールふるまふ玄関先に

黄びたきのふさふさな巣をみせくるる山あひにすむ大工の家は

腕のいい親しき大工が算数は得意だつたと恥《やさ》しみて言ふ

箸鉛筆は右を使へどサウスポー釘を打つのは左を使ふ

差し入れに現場にゆけば職人は見張りに来たかと軽口叩く

口の悪き大工なれどもその腕が頼りと言はば髭面緩《ゆる》む

ハイタッチ

職人の下品な会話を聞き流し現場の昼は円陣で食《は》む

サロンパスの貼り替へ手伝ふ右手首照れつつ大工は腕を差し出す

あんたしか駄目なの絶対この現場さうしてわたしは大工を口説く

外せない梁《はり》の現はれデザインに活かさむとその設計変ふる

夕闇の迫りて現場の鍵を閉め滞りなき日をハイタッチで終ふ

晴天のつづきて工事の捗《はかど》れば引き渡しの日は土砂降りとなる

独りの友

瓶《びん》の蓋開くる音する一瞬に夫無きさびしさ味はふと言ふ

寂しさは痒《かゆ》き背中を掻きくるるひとの無きこと静かなること

広大な田畑を守り抜く友の真白き大根届けくれたる

東京散策

上野ではルーアン夫妻と再会す海を隔《へだ》つるボストンより来て

康成はロダンの彫りしカミーユのその細き手を愛せならしむ

デパートの客が乗り来る辺《あた》りより地下鉄の中に香水匂ふ

地下鉄より入りて買ひ物済ませしが迷路となりて店内巡る

看板もなき仕舞屋の現はれてこれが名高き福田屋と見む

四ッ谷だけ地上に出づる地下鉄の丸ノ内線のわけ知らぬまま

三度目の光が丘に降り立てば消防署はもう目の前にあり

竹橋の近代美術館にて

精密に描かれゐたる嗣治のアッツ島玉砕の図の兵士目を開く

嗣治はガダルカナルの血戦の断末魔の顔写実に描く

戦争に迎合したとの罪ならば大観らもすべて同じならむや

餓死病死が六割超ゆる作戦の意味を問はるる夏来るたびに

人肉を食みし兵士の証言すインパール作戦は風化させまじ

自分に問ふ

反対する際のことばは丁寧に簡潔なれとわれに言ひ聞かす

プライドを傷つけたるか図面への意見はとかく域を超え過ぐ

どこまでを伝ふるべきか感想を求められたる図面をひろぐ

バス停で時折見かけし葉室麟《はむろりん》につひに声さへかけぬままなる

先を行く人気づくまで音のせぬハイブリッド車は減速をせむ

絵本の読み聞かせ

小学生にわれも戻りて図書館に絵本選ばむ読み聞かすため

声色《こわいろ》を変へて絵本を読み進む児童の眼差し一身に浴び

年齢と共に忙《ばう》をば賜りて役立つこの身を楽しまむとす

危険だと言はれて遊具の撤去され子供の声なき校庭となる

ぶらんこもジャングルジムも無くなりて雑草繁れる広場となりぬ

シルバーの額に入るれば灰色に塗られしピーマン芸術味帯ぶ

時間さへあれば絵を描く孫娘は賞の褒美に豚カツ望む

水栓の金具を小鳥に換へしより孫は水撒き手伝ひくるる

跋　女性設計者の挑戦

篠　弘

平成一〇年から先師窪田章一郎から引き継ぎ、「毎日歌壇」の選者になって、ちょうど二〇年になろうとしている。この間、数人が歌集を出すまでに成長したが、この荒木由紀子の『花柄の壁紙』は、その当初から私を指定し、研鑽を積んで来られた成果である。こうした密接な結び付きが、二〇年間もつづいた経緯は、私にとっても初めてのことである。

著者が短歌を寄せてくるはがきに、「インテリアコーディネーター」と職業を記し、建築に関わる人であることも、大いに興味を抱いた。編集者であった私の好奇心と相通ずるものがあったからである。

平成一九年二月の紙上で、「毎日歌壇賞」(前年の各週における「特選」から一首)に、次の作品を推薦した。しばしば「特選」となる機会が増えてきたからである。

ばらの垣似合はむ家を造りきて庭に主役を奪はれてゐる

これに添えた私の短評は、「住宅設計の現役としていそしむ場からの詩情が美しい。同じ作者の〈喫煙の席をいづこに造らむとカフェのプランの意見がもつる〉も、目下の時代を感じさせる。創造するところに苦しみがあり、それが緊張感を生む」と記していた。下句の薔薇の庭のほうが映えるという逆説的な表現で、満足すべき家ができた歓びをあらわしていた作品である。

この歌集は、概ね編年体から成っている。この一首は、第一部の「ばらの垣」の巻頭にあり、これにつづく一連を引きたい。

わが庭も満開ですよと微笑まるバラ展に施主と出会ひたる午後
立ち寄れば土産に水を汲みくるる湧水の出づる庭持つ施主は
喫煙の席をいづこに造らむとカフェのプランの意見がもつる
客足の遠のくを店主は恐れたり全面禁煙のプランをまづ見て
喫煙をする人は少数派になりくるに長年の客店主は守るや

この前半は、家の出来具合を施主から感謝されている、その安堵感が如実に伝わってくる。設計者としての醍醐味にちがいない。この後半は、三首目を再び引いたが、これらは十数年前の作品である。飲食店の禁煙が法的に取り沙汰されたのは昨今のことであって、作者は意外に早かった。そのことの是非を問うことよりも、社会性にとんだ問題意識をもっていたことが知られよう。

受賞に際してのことばは、「インテリアコーディネーターの仕事をしているが、お客様でバラ好きの人が多い。バラに家の主役をとられたような思いを歌に。毎日歌壇に投稿一〇年。一日一首作るようにしている。日記のように心境の記録にもなる。五三歳」と、作歌が自己確認であることを素直に記されたが、私はもっと若い世代かと思っていた。

このたび知ったことであるが、昭和二七年一二月の佐賀県生まれ。県立白石高校の卒業後、東京でテレタイプを学ぶことによって、日比谷にある大手銀行に就職。結婚して三女をはぐくみ、久留米市に住まう。四〇歳前後にして稼業を支えるために、インテリアコーディネーターや二級建築士の資格を取り、平成六年に「三井ホーム」に入社して、十数年間を業務に携わりながら作歌を始めるという、じつに遅い出発であった。
平成二六年までの作品が第一部で、たとえば、そのラストのほうの「日々格闘」などの一連に、同社における奮闘ぶりが捉えられ、心身ともに疲れきった実情がうかがわれる。

メモを書くゆとりなければ忘れむか左の指輪を右に移せり
いくたびも足を運びてそのたびに異なる壁の色打ち合はす
サンプルと色が違ふと言ひ張らる色の記憶の容易ならざる
カシミヤのぬくもりを唯一味方とし会議室へと足早に行く
共に持つ不満あらむと会議にて発言すれどフォローのあらず

作品は実務に携わるうえで、けっして綺麗事ばかりではなかった。二、三首の歌のように、壁の色を決めるに際しても、微妙な食い違いに焦慮するような悩みも詠まれ、おそらく四、五首などは、上からの経費削減に苦慮する会議であろう。共に施主との抗い、上司との折衝は、しばしば心を痛めたにちがいない。そうした重いモチーフを逃さないところまで、著者の問題意識が深まったからである。

この一連に隣接した「ウィリアム・モリスの壁紙」の巻頭歌が、歌集の題名となったものである。

日すがらを籠れる母の壁紙にモリスの花柄を施主に勧めむ

十九世紀のイギリスの詩人、デザイナーであったモリスが残した、草花や樹木をモチーフにした壁紙は、心もちの安らぐものとして知られる。著者の提出した花柄のそれが、装丁者の倉本修氏によって、本書のカバーにデザインされている。

著者は、平成二二年に三井ホームを五八歳で退社し、家庭に戻るが、半年を経ずして、その実績を買われて復職する。それは第二部の作品となる。元同僚の経営する住宅会社の役職者となったうえ、個人の家のリフォームなどを請け負う会社を始める。新築よりもリフォームが求められる時代に入り、当地からの要望に応えようとしたからであろう。

さっそくリフォームに関わる歌が出てくる。それは「リフォームプラン」の一連で、復帰して着手した業務が、円滑にスタートしたことを思わせる。こうした作品は、投稿された段階では気づかなかった。

最終の混める車内に立ち尽くすリフォーム着手の契約決まる
地方とは言へども議員の家なればそのリフォームも慎重となる
キッチンの収納不足に悩めるをリフォーム相談の客の訴ふ
借り手つくかと気を揉む賃貸に供さるる家のリフォームなれば
コンペでは次点なりしが担当者に自宅リフォームの依頼たまはる

まさに地元に密着した業務で、これまでの経験が活かされた、六十歳代にとって相応しいものであることが知られよう。

このリフォームの設計する過程で、事実に触発されたさまざまな場面に遭遇する。けっしてよろこばしいことばかりではなかった。そのいくつかを拾う。

思案してオレンジ色を選びしに太陽光パネルに瓦は隠る

帰り際ラ・フランスがそつと差し出さる見積りを見て答へぬ老女に

要望の一つを忘れこの施主はすべてを忘れたやうに咎《とが》むる

一本の電話に現場に戻さるる夕食の場を置き去りにして

ホワイトかピンクで意見の分かれたる幼稚園の便器決むるに

鍼灸院流行らぬ時世となりたるか縮小プランの設計受くる

みずからの業務を見据えたところから、目下の時代に生きる変化や、如実に対応した人間が現れてくる。これまでの多くの投稿歌のそれとは異なった、観察力の深さに惹かれるようになってくる。

そのもっともきわだった作品が、作者が実務に起用する職人や大工を詠んだ「職人の猥談」と題した一連ではなかったろうか。

女装して来たかと現場の大工らに茶化されてゐるスカート姿

毒舌を吐く職人が三時には缶コーヒーを買ひ来てくるる

姐ちやんと言はれしわれも建築の職人は今母ちやんと呼ぶ

職人の猥談に罪の無きことを軽くいなせるわれとなりくる

貰ふのは初めてだよと職人はバレンタインのチョコに微笑す

著者が永年にわたって仕事を託してきた人たちであろう。このきわだった一体感は、あるいは大都市では、すでに失われたかもしれないが、地方の久留米では根強く生きていた。一首ずつの注解は省くが、特に三首目のかつて〈姐ちゃんと言はれしわれも〉、今や〈母ちゃん〉と呼ばれるという、ユーモラスな関係は羨ましい。一重に仕事を依頼する結び付きとは言え、限りなく信頼しあう実態と、著者の職人や大工に対する観察がゆきとどいている。こういう飾り気のない、心もちの洗われるような親しい人間関係の歌は、もはや稀有なるものに他ならない。

じつは、この延長線上の作品に促され「筍を抱きくる大工」からの一首を、平成二九年の「毎日歌壇賞」に推薦した。私が選者になってから、再度受賞された初めてのケースであって、やはり大工を詠んでいる。

筍《たけのこ》を抱きくる大工にノンアルのビールふるまふ玄関先に

今年の二月四日付の紙面における私の短評は、「短歌の本質は、人間を詠むことであろう。この一首は、仕事を発注する作者と、常連の職人との交歓。

車で来た相手にノンアルコールのビールを出したという、事実を生かした心配りが愉しい。人間の実態が描出される」というものであり、きわめて独特な場面設定を捉え、人間愛が感じられたからである。

受賞に対する作者のことばは、作歌背景にふれた、やはり素直なもので、「山深い地に住む大工は、季節が来ると筍を柔らかく茹でて届けてくれる。私の仕事の右腕である彼に見せたら、なんと言うだろう。毎日歌壇と出会って二十年、二度目の歌壇賞は、無上の喜びです」と、在野一筋に作歌されてきた歓びは優しい。

主に紙上では、概してコーディネーターをめぐる仕事の歌がきわだち、それらを採択したこともあって、以上のような女性設計士の苦闘された成果を紹介したことになった。こうした歌人は現代の歌壇にはいない。苦労して中年から獲得された業務であったことも、著者にとって有効に機能されたのであろう。

しかし、この歌集には、少なからぬ家族詠や旅行詠のあることも知った。

この跋文では触れないが、一層著者を知るために味読されたい。

しめくくりに、もう一つの側面を挙げておきたいことは、著者が設計者にふさわしく、美術に深い関心を示した作品が少なくない。たとえば、「唐津の器」「守一と嗣治」「足立美術館」「竹橋の近代美術館」などがあり、これらを見過ごすことのできない、著者の収穫に他ならないものであって、ここでは久留米に深く関わる「青木繁の『海の幸』」を取り上げておきたい。

「海の幸」も「放牧三馬」も東京へ持ちゆかるると広報の告ぐ
四万の署名生くるやわが町の青木繁の絵は渡せざる
わが町の宝持ちゆかれ逢ふときは日本橋まで行かねばならぬ
大原や佐賀にも青木の絵のあれど生地久留米に何故残らざる
本場パリに力試しに行きたるか青木繁の挑戦叶ふ

久留米市出身の青木の「海の幸」は、国の重要文化財。長らく久留米市美術館に展示され、市民に愛されていたが、所有者の石橋財団から寄託されていたものらしい。来年秋に新装開館予定の日本橋のブリヂストン美術館に移されることになる。そうしたなりゆきに、作者も署名に加わって、なんとしても絵を残したいという思いからの一連である。この五首目は、今年の五月から八月まで、新しい本館ができるに先立って、「海の幸」を含む石橋コレクションが、青木が赴くことのできなかったパリのオランジェリー美術館に展示されたことを詠み、本場のパリでいかなる評価を得たかを思い遣った一首であり、青木繁への愛着の深さを思わせる。いまは触れないが、このほか熊谷守一や藤田嗣治の絵画も丹念に詠んでいたことを付け加える。

わがために求めし小さな嗣治の版画を飾る年の始めに
銀座より取り寄せゐたる金色の額にをさまる嗣治の猫
インパクト欲しき部分に飾らむと草間彌生の絵を落札す

いかに作者が美術を愛したかという証として、目に留まった愛らしい小品も添えておきたい。

著者にいずれ歌集を上梓すべきことを、私もひそかに奨めていたが、じつは直接のきっかけは、建築関係の出版社が目ざとく見ていたのであろう、百数十首からの自選歌集の提案があったことによって、それから四五〇首のフォーマルな第一歌集をまとめる方向へと促されてきた。砂子屋書房の厚情によって、歌壇の方々に読んでくださることになったのがうれしい。自分の結社内で育った新人を送り出す歓びと相通ずるものがある。

平成三〇年一一月九日

著者略歴

荒木由紀子（あらき　ゆきこ）

昭和二七年一二月　佐賀県杵島郡白石町生まれ。

昭和四六年三月　佐賀県立白石高校卒業後、東京テレックステレタイプ情報学院に学び、今の三井住友銀行に就職。

昭和五四年　結婚し、三女をもうける。その間に、久留米市に住む。

平成三年　通産省認定のインテリアコーディネーターの資格、さらに五年に二級建築士の資格を取り、三井ホームに入社。

平成一〇年　その頃より毎日歌壇の篠弘選に投稿し、一九年と三〇年にわたって、毎日歌壇賞を受ける。

平成二二年　個人住宅のリフォームなどを請け負う会社を設立し、地元を中心とした業務をつづける。

現住所　福岡県久留米市合川町一〇七九―一（〒八三九―〇八六一）

合わせをした建物が出来上がってゆく喜びに、毎日が充実していました。

この歌集の約半分は、こうした仕事の日々を綴っております。

そしてまた、時間を見つけては行った美術館にて出会った名画とその画家の人生を生意気にもわたくしの目線で詠んでみたもの、それから、一緒に成長した家族、特に三人の娘達のことをそれぞれの出来事とともに歌にしました。

この歌集をまとめるにあたって、実際に面談してアドバイスを頂き、また郵送や、電話、ファックスでのやり取りをお忙しい中、時間を惜しまず手を取り、引っ張ってくださった、篠弘先生に、心より感謝申し上げます。

二〇一八年一一月一二日

荒木由紀子

あとがき——初めての歌集『花柄の壁紙』について

ふと手にした篠弘先生の歌集『至福の旅びと』との出会いが、わたくしの短歌人生の始まりでした。

東京人の洗練された歌に憧れを持ち、仕事の合い間につくった歌を、毎日新聞の歌壇の篠弘先生宛てに投稿するようになって、二十年になります。

作るのに精一杯で、文法も文体もおかしかったと思いますが、篠先生は、丁寧に、辛抱強く、わたくしの成長を導いてくださいました。

インテリアコーディネーターとして、かかわった事柄は、楽しかったこと、嬉しかったことのほかに、建築業界という男社会で生きてゆく苦しみもありました。

それでも好きな仕事に巡り合い、素晴らしいお施主様との出会いと、打ち

歌集　花柄の壁紙

二〇一八年一二月二〇日初版発行

著　者　荒木由紀子

発行者　田村雅之

発行所　砂子屋書房
東京都千代田区内神田三―四―七（〒一〇一―〇〇四七）
電話　〇三―三二五六―四七〇八　振替　〇〇一三〇―二―九七六三一
URL http://www.sunagoya.com

組　版　はあどわあく

印　刷　長野印刷商工株式会社

製　本　渋谷文泉閣

砂子屋書房 刊行書籍一覧（歌集・歌書）

2025年７月現在

＊御入用の書籍がございましたら、直接弊社あてにお申し込みください。
代金後払い、送料当社負担にて発送いたします。

	著者名	書名	定価
1	阿木津　英	『阿木津　英 歌集』現代短歌文庫5	1,650
2	阿木津　英 歌集	『黄　鳥』	3,300
3	阿木津　英 歌集	『草一葉』	3,300
4	阿木津　英 著	『アララギの釋迢空』＊日本歌人クラブ評論賞	3,300
5	秋山佐和子	『秋山佐和子歌集』現代短歌文庫49	1,650
6	秋山佐和子歌集	『西方の樹』	3,300
7	雨宮雅子	『雨宮雅子歌集』現代短歌文庫12	1,760
8	池田はるみ	『池田はるみ歌集』現代短歌文庫115	1,980
9	池本一郎	『池本一郎歌集』現代短歌文庫83	1,980
10	池本一郎歌集	『萱鳴り』	3,300
11	石井辰彦	『石井辰彦歌集』現代短歌文庫151	2,530
12	石田比呂志	『続 石田比呂志歌集』現代短歌文庫71	2,200
13	石田比呂志歌集	『邯鄲線』	3,300
14	一ノ関忠人歌集	『さねさし曇天』＊佐藤佐太郎賞	3,300
15	一ノ関忠人歌集	『木ノ葉揺落』	3,300
16	伊藤一彦	『伊藤一彦歌集』現代短歌文庫6	1,650
17	伊藤一彦	『続 伊藤一彦歌集』現代短歌文庫36	2,200
18	伊藤一彦	『続々 伊藤一彦歌集』現代短歌文庫162	2,200
19	今井恵子	『今井恵子歌集』現代短歌文庫67	1,980
20	今井恵子 著	『ふくらむ言葉』	2,750
21	魚村晋太郎歌集	『銀　耳』（新装版）	2,530
22	江戸　雪 歌集	『空　白』	2,750
23	大下一真歌集	『月　食』＊若山牧水賞	3,300
24	大辻隆弘	『大辻隆弘歌集』現代短歌文庫48	1,650
25	大辻隆弘歌集	『橡（つるばみ）と石垣』＊若山牧水賞	3,300
26	大辻隆弘歌集	『景徳鎮』＊斎藤茂吉短歌文学賞	3,080
27	岡井　隆	『岡井　隆 歌集』現代短歌文庫18	1,602
28	岡井　隆 歌集	『馴鹿時代今か来向かふ』（普及版）＊読売文学賞	3,300
29	岡井　隆 歌集	『阿婆世（あばな）』	3,300
30	岡井　隆 著	『新輯 けさのことば Ⅰ・Ⅱ・Ⅲ・Ⅳ・Ⅵ・Ⅶ』	各3,850
31	岡井　隆 著	『新輯 けさのことば Ⅴ』	2,200
32	岡井　隆 著	『今から読む斎藤茂吉』	2,970
33	沖　ななも	『沖ななも歌集』現代短歌文庫34	1,650
34	尾崎左永子	『尾崎左永子歌集』現代短歌文庫60	1,760
35	尾崎左永子	『続 尾崎左永子歌集』現代短歌文庫61	2,200
36	尾崎左永子歌集	『椿くれなゐ』	3,300
37	尾崎まゆみ	『尾崎まゆみ歌集』現代短歌文庫132	2,200
38	柏原千恵子歌集	『彼　方』	3,300
39	梶原さい子歌集	『リアス／椿』＊葛原妙子賞	2,530
40	梶原さい子	『梶原さい子歌集』現代短歌文庫138	1,980

	著者名	書名	定価
41	春日いづみ	『春日いづみ歌集』現代短歌文庫118	1,650
42	春日真木子	『春日真木子歌集』現代短歌文庫23	1,650
43	春日真木子	『続 春日真木子歌集』現代短歌文庫134	2,200
44	春日井　建	『春日井　建 歌集』現代短歌文庫55	1,760
45	加藤治郎	『加藤治郎歌集』現代短歌文庫52	1,760
46	雁部貞夫	『雁部貞夫歌集』現代短歌文庫108	2,200
47	川野里子歌集	『歓　待』＊読売文学賞	3,300
48	河野裕子	『河野裕子歌集』現代短歌文庫10	1,870
49	河野裕子	『続 河野裕子歌集』現代短歌文庫70	1,870
50	河野裕子	『続々 河野裕子歌集』現代短歌文庫113	1,650
51	来嶋靖生	『来嶋靖生歌集』現代短歌文庫41	1,980
52	紀野　恵 歌集	『遣唐使のものがたり』	3,300
53	木村雅子	『木村雅子歌集』現代短歌文庫111	1,980
54	久我田鶴子	『久我田鶴子歌集』現代短歌文庫64	1,650
55	久我田鶴子 著	『短歌の〈今〉を読む』	3,080
56	久我田鶴子歌集	『菜種梅雨』＊日本歌人クラブ賞	3,300
57	久々湊盈子	『久々湊盈子歌集』現代短歌文庫26	1,650
58	久々湊盈子	『続 久々湊盈子歌集』現代短歌文庫87	1,870
59	久々湊盈子歌集	『世界黄昏』	3,300
60	黒木三千代歌集	『草の譜』＊読売文学賞・日本歌人クラブ賞・小野市詩歌文学賞	3,300
61	小池　光 歌集	『サーベルと燕』＊現代短歌大賞・詩歌文学館賞	3,300
62	小池　光	『小池　光 歌集』現代短歌文庫7	1,650
63	小池　光	『続 小池　光 歌集』現代短歌文庫35	2,200
64	小池　光	『続々 小池　光 歌集』現代短歌文庫65	2,200
65	小池　光	『新選 小池　光 歌集』現代短歌文庫131	2,200
66	河野美砂子歌集	『ゼクエンツ』＊葛原妙子賞	2,750
67	小島熱子	『小島熱子歌集』現代短歌文庫160	2,200
68	小島ゆかり歌集	『さくら』	3,080
69	五所美子歌集	『風　師』	3,300
70	小高　賢	『小高　賢 歌集』現代短歌文庫20	1,602
71	小高　賢 歌集	『秋の茱萸坂』＊寺山修司短歌賞	3,300
72	小中英之	『小中英之歌集』現代短歌文庫56	2,750
73	小中英之	『小中英之全歌集』	11,000
74	今野寿美歌集	『さくらのゆゑ』	3,300
75	さいとうなおこ	『さいとうなおこ歌集』現代短歌文庫171	1,980
76	三枝昻之	『三枝昻之歌集』現代短歌文庫4	1,650
77	三枝昻之歌集	『遅速あり』＊迢空賞	3,300
78	三枝昻之ほか著	『昭和短歌の再検討』	4,180
79	三枝浩樹	『三枝浩樹歌集』現代短歌文庫1	1,870
80	三枝浩樹	『続 三枝浩樹歌集』現代短歌文庫86	1,980
81	佐伯裕子	『佐伯裕子歌集』現代短歌文庫29	1,650
82	佐伯裕子歌集	『感傷生活』	3,300
83	坂井修一	『坂井修一歌集』現代短歌文庫59	1,650
84	坂井修一	『続 坂井修一歌集』現代短歌文庫130	2,200
85	酒井佑子歌集	『空よ』	3,300

	著 者 名	書 名	定 価
86	佐佐木幸綱	**『佐佐木幸綱歌集』** 現代短歌文庫100	1,760
87	佐佐木幸綱歌集	**『ほろほろとろとろ』**	3,300
88	佐竹彌生	**『佐竹弥生歌集』** 現代短歌文庫21	1,602
89	佐竹彌生	**『佐竹彌生全歌集』**	3,850
90	志垣澄幸	**『志垣澄幸歌集』** 現代短歌文庫72	2,200
91	篠 弘	**『篠 弘 全歌集』** ＊毎日芸術賞	7,700
92	篠 弘 歌集	**『司会者』**	3,300
93	島田修三	**『島田修三歌集』** 現代短歌文庫30	1,650
94	島田修三歌集	**『帰去来の声』**	3,300
95	島田修三歌集	**『秋隣小曲集』** ＊小野市詩歌文学賞	3,300
96	島田幸典歌集	**『駅 程』** ＊寺山修司短歌賞・日本歌人クラブ賞	3,300
97	高野公彦	**『高野公彦歌集』** 現代短歌文庫3	1,650
98	髙橋みずほ	**『髙橋みずほ歌集』** 現代短歌文庫143	1,760
99	田中 槐 歌集	**『サンボリ酢ム』**	2,750
100	谷岡亜紀	**『谷岡亜紀歌集』** 現代短歌文庫149	1,870
101	谷岡亜紀	**『続 谷岡亜紀歌集』** 現代短歌文庫166	2,200
102	玉井清弘	**『玉井清弘歌集』** 現代短歌文庫19	1,602
103	築地正子	**『築地正子全歌集』**	7,700
104	時田則雄	**『続 時田則雄歌集』** 現代短歌文庫68	2,200
105	百々登美子	**『百々登美子歌集』** 現代短歌文庫17	1,602
106	外塚 喬	**『外塚 喬 歌集』** 現代短歌文庫39	1,650
107	富田睦子歌集	**『声は霧雨』**	3,300
108	内藤 明 歌集	**『三年有半』** ＊日本歌人クラブ賞	3,300
109	内藤 明 歌集	**『薄明の窓』** ＊迢空賞	3,300
110	内藤 明	**『内藤 明 歌集』** 現代短歌文庫140	1,980
111	内藤 明	**『続 内藤 明 歌集』** 現代短歌文庫141	1,870
112	中川佐和子	**『中川佐和子歌集』** 現代短歌文庫80	1,980
113	中川佐和子	**『続 中川佐和子歌集』** 現代短歌文庫148	2,200
114	永田和宏	**『永田和宏歌集』** 現代短歌文庫9	1,760
115	永田和宏	**『続 永田和宏歌集』** 現代短歌文庫58	2,200
116	永田和宏ほか著	**『斎藤茂吉―その迷宮に遊ぶ』**	4,180
117	永田和宏歌集	**『日 和』** ＊山本健吉賞	3,300
118	永田和宏 著	**『私の前衛短歌』**	3,080
119	永田 紅 歌集	**『いま二センチ』** ＊若山牧水賞	3,300
120	永田 淳 歌集	**『竜骨（キール）もて』**	3,300
121	なみの亜子歌集	**『そこらじゅう空』**	3,080
122	成瀬 有	**『成瀬 有 全歌集』**	7,700
123	花山多佳子	**『花山多佳子歌集』** 現代短歌文庫28	1,650
124	花山多佳子	**『続 花山多佳子歌集』** 現代短歌文庫62	1,650
125	花山多佳子	**『続々 花山多佳子歌集』** 現代短歌文庫133	1,980
126	花山多佳子歌集	**『胡瓜草』** ＊小野市詩歌文学賞	3,300
127	花山多佳子歌集	**『三本のやまぼふし』** ＊迢空賞	3,300
128	花山多佳子 著	**『森岡貞香の秀歌』**	2,200
129	馬場あき子歌集	**『太鼓の空間』**	3,300
130	馬場あき子歌集	**『渾沌の鬱』**	3,300

	著者名	書名	定価
131	浜名理香歌集	『くさかむり』	2,750
132	林　和清	『林　和清 歌集』現代短歌文庫147	1,760
133	日高堯子	『日高堯子歌集』現代短歌文庫33	1,650
134	日高堯子歌集	『水衣集』＊小野市詩歌文学賞	3,300
135	福島泰樹歌集	『空襲ノ歌』	3,300
136	藤原龍一郎	『藤原龍一郎歌集』現代短歌文庫27	1,650
137	藤原龍一郎	『続 藤原龍一郎歌集』現代短歌文庫104	1,870
138	本田一弘	『本田一弘歌集』現代短歌文庫154	1,980
139	前　登志夫歌集	『流　轉』＊現代短歌大賞	3,300
140	前川佐重郎	『前川佐重郎歌集』現代短歌文庫129	1,980
141	前川佐美雄	『前川佐美雄全集』全三巻	各13,200
142	前田康子歌集	『黄あやめの頃』	3,300
143	前田康子	『前田康子歌集』現代短歌文庫139	1,760
144	蒔田さくら子歌集	『標のゆりの樹』＊現代短歌大賞	3,080
145	松平修文	『松平修文歌集』現代短歌文庫95	1,760
146	松平盟子	『松平盟子歌集』現代短歌文庫47	2,200
147	松平盟子歌集	『天の砂』	3,300
148	松村由利子歌集	『光のアラベスク』＊若山牧水賞	3,080
149	真中朋久	『真中朋久歌集』現代短歌文庫159	2,200
150	水原紫苑歌集	『光儀（すがた）』	3,300
151	道浦母都子	『道浦母都子歌集』現代短歌文庫24	1,650
152	道浦母都子	『続 道浦母都子歌集』現代短歌文庫145	1,870
153	三井　修	『三井　修 歌集』現代短歌文庫42	1,870
154	三井　修	『続 三井　修 歌集』現代短歌文庫116	1,650
155	森岡貞香	『森岡貞香歌集』現代短歌文庫124	2,200
156	森岡貞香	『続 森岡貞香歌集』現代短歌文庫127	2,200
157	森岡貞香	『森岡貞香全歌集』	13,200
158	柳　宣宏歌集	『施無畏（せむい）』＊芸術選奨文部科学大臣賞	3,300
159	柳　宣宏歌集	『丈　六』	3,300
160	山田富士郎	『山田富士郎歌集』現代短歌文庫57	1,760
161	山田富士郎歌集	『商品とゆめ』	3,300
162	山中智恵子	『山中智恵子全歌集』上下巻	各13,200
163	山中智恵子 著	『椿の岸から』	3,300
164	田村雅之編	『山中智恵子論集成』	6,050
165	吉川宏志歌集	『青　蟬』（新装版）	2,200
166	吉川宏志歌集	『燕　麦』＊前川佐美雄賞	3,300
167	吉川宏志	『吉川宏志歌集』現代短歌文庫135	2,200
168	米川千嘉子	『米川千嘉子歌集』現代短歌文庫91	1,650
169	米川千嘉子	『続 米川千嘉子歌集』現代短歌文庫92	1,980

＊価格は税込表示です。